梧桐树下

诗歌集 / 萧纬 著

序 言

每一首诗都是唯一

正逢春暖花开时节，北京的同学告诉我，她的新诗结集了，让我有空读读。看见《梧桐树下》，自然会想起她的《银杏树下》，诗人向世界铺展开来的，犹如世间万物，虽然不是家宴国宴，却有一味一觉；虽然不是榭台楼阁，却有一砖一瓦。作为现代诗人的萧纬，一年后，竟然又理出如此深切、如此透明的近200首短诗，实在令人钦佩。可见，她是一个受诗神眷顾的人。好吧，最高处的冷静，是朋友的信任。恭敬不如从命，人在江湖，往往如斯。

试读《梧桐树下》，引人入胜的是她的"格局"。中国是诗的国度，在诗人的笔下，天下万物，若花木，若江湖，若水火，若云雾，若日月，一切的一切皆可入诗。从风、雅、颂的时代，到五言、七绝的时代；从象征派、写实派的时代，到现代派、朦胧派的时代；从新生代、新世代的时代，到信息代、网络代的时代。一代有一代的守拙，一代有一代的精彩。但是，无论哪一个时代，诗的本质是一种宇宙真理，诗的理想是一种现实存在。而这种现实存在，正是每一代诗人所展现出的不同的生存方式和生命状态，看上去是一种文字和语言叙事，实质上是一种思想和灵魂所在。正如诗人所说，"留下这一时三刻，和／今天的你""根据／间的称重／生命有了一份说明／详细注释了春夏秋冬／可是／我真真不懂／为什么把最紧要的冷暖，放在了某时某刻某颗心中"诗人的这种自问，唯其不知的是一种纵横物质世界的生命价值和生命意识，诗人很懂得留其白、很懂得朦其辞的妙笔。可以说，《梧桐树下》是诗人对宇宙、对人生的一本拷问之作。诗人透过自己的眼光，把"生命、历史与哲学"放在人生这个"小宇宙"中来思考、来把握。她能够深入到里面去，又能够站到它的外面来。深入里面，诗人能与真理见面；站在它的外面，又能够与世界互动。所以说《梧桐树下》，无论是"有我"还是"无我"，无论是"大我"还是"小我"，诗人最可贵的是"闯进"一个"大世界"，"闹出"一个"小宇宙"。

品读《梧桐树下》，引人遐想的是她的"超然"。天地自然万物往往有不完整、不完全的美。它等待人们去发现、去完全，但又必须不见人为痕迹。一切来得自然、任意和舒适。《梧桐树下》的每一首诗中，有物有我，物我相成，意趣超然，如是而已。我知道，萧纬曾经从军、从文、从商，一路走来，有得意，也有失意；有顺境时，也有逆境时。然而，不管跋涉到哪里，她总是不停地、诗意地奔走着。她跑遍了大江南北长城内外，深入北方的沙漠、南方的雨巷，观察一切可惊可喜的景象；她周游列国，大到都市，小到书舍，甚至荒原孤岛。有倾听，有观赏；有仰起，有倒下；有正视，有侧窥，各种色素，各种姿态。所有这些，全都在《梧桐树下》留下优美的影子。可以说，真正的好诗，可以容得下成千上万的"美"。而这种"美"，像江河在峡谷中鸣响，像种子在土地上萌芽。诗人的见解、诗人的笔意、诗人的胸怀、诗人的气象，正像她的诗所云："无论刻在杯上／写在卷上，标在柱上／或，传延口上的／那滚滚硝烟中的刀光剑戟／皇朝宝殿的帝王将相／都在段段史尘作古／时间已清账／风削剪过山河／听众也早已不再纠缠／故事原版日月已收藏，这里／山清水秀，十里花香／熏风酒醉／春泻染坊／游人，络绎不绝／忙织乐网。"也许有人会问，诗是什么，为什么写诗，诗是怎样写成的？西方人说："从平凡的生活中汲取诗意，用对生活的真实描绘来震撼心灵。"东方人却说，要经过三种境界："昨夜西风凋碧树，独上高楼，望断天涯路。"这是其一，而其二是"衣带渐宽终不悔，为伊消得人憔悴"。其三则是"众里寻他千百度，回头蓦见，那人正在，灯火阑珊处"。从《梧桐树下》的神采与姿态，完全可以看得出，诗人是一个地地道道的与诗同行、与美共舞的人。

慢读《梧桐树下》，令人难忘的是她的"从容"。人生总有高峰低谷，面对云卷云舒，迫急中的从容，走动中的诗性，往往比无所事事中的闲散与孤独，书桌前的迷茫与苦思，来得更真实。一种由生命迸发出来的火花，照亮的是永远的时间旅途。诗人"幽静得像诗一样 / 激昂得像诗一样 / 深沉得像诗一样 / 通透得像诗一样 / 这样饱满的情绪 / 都给了诗 / 诗可承受 / 其实，诗 / 只是在捡拾 / 山水写好的美章"。其实，我从《银杏树下》到《梧桐树下》所看到的是诗人的那份从容，也许写诗是她一辈子的事。萧纬把诗，作了她一生交往、交流的"知己"，诗是她安身立命的"家"。正如诗人在《差异》中所云："你无语，我亦无语 / 灯下只有凝固的冷寂 / 你热烈，我亦热烈 / 晨风插不进酣畅的梦呓 / 于梦于醒 / 究竟哪一个真实 / 为什么醒与梦的播报 / 存在如此差异。"诗人所表达的东西，不仅是她的景境、情境、语境，还有她的得失、取舍和远近。佛家讲"六通""三明"，都是想看透"时间"。"时间"是什么？难道是钟，是表？当然不是了。"时间"，可以说是一个人的存在单位。我觉得，诗人的"时间"，经意不经意地散落在"志与诗""思与诗"和"歌与诗"之间。当然，我们每一个人都是唯一的，所以，每一首诗也应当是唯一的。《梧桐树下》的唯一的一面，也许比现实的一面，更从容一些，更本真一些。

"梧与桐"，双树共栽相对老；"人与诗"，彼此波澜流水长。萧纬是一个善于把日子当作诗来使用的人，但愿她的《梧桐树下》能引来许许多多的凤凰。"嘤其鸣矣，求其友声"。

诗者，乃心声也。如对至尊，是为序。

陈万仕

2022 年 4 月 18 日于广州东山

目 录

序 言

一辑 梧桐树下

四辑 **知己**

五辑 哭 不以眼泪

六辑 **在秋**

梧
桐
树
下

一辑

梧桐树下

梧桐树下

（一）

没有预期地站在这里

那一年

时而风雨飘摇

时而阳光灿烂

时而聒噪喧嚣

时而

宁静恬淡

你以细枝幼叶

汇入这个盛季主旋

不知来历的风

一遍遍把你搜检

而这一方泥土

给了位置　给了深度

接纳了你的从前

于是　你把此生交给这里

交给这一方天地

交给了你的脚下

我的视线

……

（二）

春夜讲足了天方夜谭

那一日

你的枝叶里

已压缩进星与虫的对话

月与水的寓言

那是个怎样私密的制作呵

悄然隐秘在岁月边缘

几番干涸　几番蛀蚀

几番焦灼　几番苦寒

圆了一个圈　圈了一个圆

骨子里执拗的精髓

默默浓缩着时间中的时间

硕枝上撑收的黄绿

默默迎送青睐与无视的圈点

就这样　如此恬淡地研磨

一天天　一年年

可谁又能揭示你

生命里藏匿的内涵　只有

只有在你轰然倒下的那日

无血锯痕　绽露出

垂青过　挣扎过

荣耀过的既往

让一切的一切

静止在一个切面

枯亡　变成一座博物馆

弃生后暴光的年轮

证明着那些曾经　那些流逝

那些昨天以前

一种生存在封裹中

沉默　繁盛　绵延

一种生存在枯亡中

明示　宣告　彰显

我不知道　不知道哪一种

是应该的结局

可我知道　即使如此

你也一定　一定会

仍然

……

（三）

选择以树的形式作为生命的

那一款

阳光下站立着

一个简单的伟岸

冬枯春荣

每一片硕大的叶子

都是一张远航的帆

向着那遥远的梦与彼岸

奔赴得那样坚定　那样从容

那样果敢

寒凌一次次撕去一次次成熟

雷雨一朝朝击打一朝朝信念

你抱定做庇荫福祉

你坚守着凤凰家园

终有一日

你那壮硕的生命之歌

让所有的耳朵都听见　你

依然站在阳光下　坚持着

简单的伟岸

此刻　梧桐树下

风正记录

你怀抱中的我　我怀抱中的你

这样　悄然的一段

2022-3-6

记忆

阳光在一个不肯错过的时间点

反光一个记忆

没有日期的那天

只有你与从前

可风来得太久

让准备好的思念

在干枯凌乱的泪辙上

越走越远

痴望

风雪夜，

一夜风雪。

在无束无度无止无息的宣泄中，

大地重铺画布，

准备描摹另一世界。

燃烧却永远不会停歇，

太阳日日涅槃，

大地被强掳热拥着拙现污垢残缺。

我却仍痴望那份无声的漂白，

让心，重回净洁。

本色

那是些向晚的脚步，
踏碎黄昏黛色，
追逐着这夜的月光，
坠入万念长河。

无论那水波怎样的清澈，
滴在心上，溅出郁忧朵朵。
那不是花，那是心碎时
洇开的凄美渍泽。

白昼的痛染指黑夜频频发作，
无声的呻吟，酿成流质而扑簌。
这不是泪，这是忏悔时
时光雨潇潇飘落。

这一晚的练染，
漂净浮色，
而裸出这一生的色彩之合。

说秋

说秋是七月节
太阳黄经针指向 135 度
梧桐报秋

浓情肌肤开验三候
冷风　白露　寒蝉鸣
心　待聆木叶风声叹熟忧

我不知秋
苦夏之苦仍锁渴喉
尽慕啃秋人欢来乐走

风动叶落时
心静　容安　轻敞敛心
掣中　却无他求

老地方

一千次的恨

如喷发的岩浆

一万次的怨

如涨潮海浪

静夜

用磨薄的那层孤傲御寒时

颤栗回眸

那死不去又活不起的爱

仍泊在老地方

冷韵

时光萎缩在一个角落，
路过的同情怠倦了转眸的眼。
挥手的只有秋风，
让落叶携着漂泊陪伴。

枯色薄韵在余晖中浮游，
夕阳不唱晚。
残荷上的那些千秋月吟，
可还曾撩动你的琴弦？

我独自寻一掬秋水，
为梦花注润，
明知它珍绽如昙，
可一生，却无休无止地贪念。

无声

黄昏落来一支晚笛

耳边流淌委婉的音阶

上行　我听到潮热雀跃

下行　我听到温厚妥帖

休止符前

并不再高潮迭起

尾声的精彩

是淡了那些多余的感觉

让曲　隐浸无声和谐

一如此刻　静秋月夜

秋别

一场冷雨洗净山野

托起一个不约而至的季节

午后倦阳　不再恋花

那金灿灿的纯酿已浓烈

就这样　打开了时光封存

无论苦辣酸甜

浑浊清冽

你潇洒高举这杂陈后的

琼浆玉液

肃杀中腾然转身

完成一个

成熟的告别

剪影

剪开午后时光

定格了明暗两端

哦　剪影

就这么简单

捕捉了一张素颜

这不经意又蓄意的杰作

以不完美留下完美的一面

可那个看不透的轮廓

又去哪里

寻找答案

黑色艺术

一支短笛吹落斜阳

余晖点点　和风暖暖

这留好的画面　一幅幅

充实着记忆长卷

乌云压境　夕晖欲摧

这些也都要入册做念吗

此刻　我正行走在这样一晚

沉重　但却为黑色艺术震撼

飞

从我的庭院离去

你执意张开期期已久的伞

做了絮样的告别　随风

去布置别人的花园

我知道你叫蒲公英

可在另一方水土

你叫华花郎

如此的留下飞去　留下飞去

离别已不是一种悲凉

而是　你与生俱来的

命定的

习常

悲

谁的权力可以让一颗子弹从权力起飞，

向血肉之躯射去止息时分，

就此，一个个鲜活的生命指针断音。

死亡，变成扣动扳机的游戏，

变成梦魇索魂。

一场人间惊骇的剧情，在那里

演绎成真。

这一方热土，

正燃烧无数冤魂。

一样的血红肉心，生出的却是

悖逆的凶残毒狠。

残阳以相似的色泽哀祭，

新的黎明，却无法

遏止那来自昨日的血雨倾盆。

——看阿富汗大屠杀片段心悸生悲，为那些战
乱无辜垂泪。

通行

昨天与明天搭桥

让今天安然通行

无数个昨天已堆积在起点

我们须清醒完工

千万别让已起步的今天过不去

诗·音乐

暮阳沉睡　黛色落纱

一定要表述的时刻到了

所有的朦胧都集结诗人笔下

包括香透的奇葩

当那薄纸再托不出精品词句时

音乐开始说话

用初恋曾听懂的语句

每个字都如同一朵夏花

月夜开始沉醉

我在想　怎样把这些音符译成文字

别让诗语匮乏

秋午

穿过烟雨小巷

阳光正与攀藤镂绣老墙

一如你把我留在秋的斑斓间

看错落时光

老绿生出一种悲凉

总让人想起匆匆过往

那些浓淡的夏日

记忆不愿换装

思绪不选择季节

当眼睛触碰留守时分

游移的

都是明暗中的忽短忽长

秋午　是这样

就是这样

游记

——古北水镇一掠

无论刻在杯上

写在卷上　标在柱上

或　传延口上的

那滚滚硝烟中的刀光剑戟

皇朝宝殿的帝王将相

都在段段史尘作古

时间已清账

风削剪过山河

听众也早已不再纠缠什么

故事原版日月已收藏　这里

山清水秀　十里花香

熏风酒醉　春泻染坊

游人　络绎不绝

忙织乐网

随缘

掉在地上的果实何止果实

熟透的　还有一颗醒梦的种子

润土将催生萌芽

在那个不需要刻意深播的春日

我的期待一如那落果

终信　无风也有

缘来时

山雨

隔着一束阳光

你迫不及待敲打着我的手臂

大滴　大滴

来自云的缝隙

突兀的泼洒

在山野上划出干湿线际

那烟雾蒙蒙的铺叙

那低徊婉转的游移

都不是你的气息

可这在清眉朗目间的

骤来骤去

我要以怎样的伞遮蔽

哦　山雨

沉默

就这样

一直沉默吧

免于惊醒悔悟

藤上的秋已催促

一切该成熟　一切的一切

该随风起舞

一生的起起落落

所有情境

都不唯独

可还是执拗地

就这样一直沉默吧

免于　惊醒悔悟

诗思

幽静得像诗一样

激昂得像诗一样

深沉得像诗一样

通透得像诗一样

这样饱满的情绪

都给了诗

诗可承负

其实　诗

只是在捡拾

山水写好的美章。

完美

月下　有一朵花　滋滋不眠

窗上　有一颗星　不北不南

水中　有一首诗　泊泊不断

雨后　有一弯虹　七色不减

一切的所有　都刚刚莞尔

画笔却挥霍着色泽

浓重了画板　满

从而不满

如歌的行板

不记得是怎样走入这一天

无起拍　无程式　亦无序言

但总是知秋

不再泼洒浓红淡绿

也不再刻意长短快慢

只以漫舞的节奏

踏出　夕阳下另一组

如歌的行板

度

山下　心在攀升

测出一个高度

水边　心在放逐

探出落差之误

不山不水

麻木的心回到衡处

抹去以往那些

以为是结果的记录

二辑 冷暖

冷暖

根据

时间的称重

生命有了一份说明

详细注释了春夏秋冬

可是

我真真不懂

为什么把最紧要的冷暖

放在了某时某刻某颗心中

醒·梦

醒来仍梦
依然找寻丢失的那一程
不知何处起
迷惘中　处心成空

梦里已醒
又是仓皇焦虑的那一程
不知何处终
清晰中　仍踏迷踪

梦也悄然
醒也悄然
如此寻读世间真经
梦中醒中匆掠浮生

迷离

时间里长出的悲喜

会在某时某刻开放

如花朵　如云团

都不会放过绽期

只是　我只能以惊或愕

懵懂或迷惘逢迎

无论我怎样预测

一切及所有　都无尽迷离

涟漪

场灯渐息　前奏渐起

无声的滴落　泛起

一层层涟漪

时间垂下的探问

让你指尖有了新的设计

枫红染透秋水前

冷月结束昨日思绪

风　正让熟透的句子

吟出热情而不随意的季语

以通透的珠玑形式

以细密柔韧　跃动而不浮躁的

涟涟漪漪……

——听李佳博士琵琶协奏曲留笔

2021-9-25

徐徐清风

很久　又很久

失感拂面清风

更不知何为徐徐

我们匆匆迎闯着朔风

奋力抵御着忧扰疼痛　可

树梢上的清风

草叶上的清风

花蕊上的清风

蜂翼上的清风

依然徐徐

而我们　怎样才能找回

肌肤上那些

徐徐感应

秋色

这是个不需要思量的早上

你敞开淳厚的胸膛

让索取变得如此宽畅

可我

在你丰满的色板中

只取了稔熟混合色系里

不能明确的一种

做了我的秋色

由此认真描摹

这一年的收获

经历

野上的粗犷已收敛

天地也做完成熟证明

消殒的香馨却依旧让人留恋

记忆是那么遥远又那么稠浓

多少无果的碎蒂已然零落成泥

夏日是那么短促又那么痴诚

不是每一个成长都能继续风雨中

当爱飘摇时

哪怕只一间小小的

保温棚

······

相遇

一样的密林

一样的山峰

左或右

在眼睛里重叠前后

但　与我擦肩而行的

已不是　昨日的风

隐

那个收集了月光的夜

藏得那样深

直至让我忘却

银色闪动的每一寸

那段流泻着幽光的记忆

泊得那样沉

但却从未掩饰

信手随意的每一寻

不必再回眸用旧了的深沉

启明星闪烁时

它已悄悄退隐

就在这思绪落下的时分

路过你
——塞上曲 王昭君

我正在路过你

······

千年字迹留下你隆重的痕

但又仿佛从未存在过你的气息

这一季的风

又飘起你留在塞上的旋律

我却永远无法弹清楚

如此排列的宫商角徵羽

可心　早已深深染指

你遥远的愁绪孤寂

鸢尾花

你辛苦又耐了寒

优雅呈起

一袭高贵紫蓝

从一般起眼

惹出绝不一般

那独娇朵朵

匆绽　烂漫　休然

可你美丽后成药

懂你时

多了一份安憩陪伴

风的功力

一场风暴

摧毁的不止华贵部分

也清理了那些不舍的废余

所以　风来风去

帮你做了游移与揣测间的

最终决议

不是吗

春好

此刻

你在不远的远处

那里　没有我手边冬余的料峭

也没有耳际歇息又继续的呼号

你的北方以北是他乡

我的南方以南是漂摇

可我们经常把地理的名字

省略混淆

思念已足够尺寸

距离早已缩成微雕

这里　春雨未落

我的眼已湿潮

那里　洋紫荆已凋谢

你拾落英做了邮票

香江水在晨曦闪出一道深辙

燕山风清理出温暖的路标

我们会携上同期的信风

寻一处缘地

栽下姊妹花　此后

悠然在一个个春好

——复琬君春之初慰语

2022-3-8

新旧辨识

只有到了熟视至麻木时

才了悟骗局

四季不朽地新旧灭续

无边的旷野　老月　宿星和

明暗轮回的天际

都是永远往复的朽体

只有我们纯新无疑

所以　我们必须以婴儿的目光

维护每一天的好奇

向岁月淘得晶珠般的点滴

因为　宇宙间思智健全的我们

绝非旧灵魂的更替

所以请爱　崭新的自己

心曲

不知道什么时候

天空突然坠下一袭颜色

让阴沉主宰了我的灵魂

于是　呆滞的心开始哭泣

以谁也听不到的声音

与雷电结阵

让我潦倒的心智更加混沌

但这世上有谁能阻止天亮

醒晨　一首清歌那样诱人

这来自远方的旋律

唱着　冬后的春

第三辑

山 高 水 远 春 风 怡 然

山高水远 春风悠然

无论走了多远

无论向北向南

冷雨过后　湿怀已干

我面前

山高水远　春风悠然

尽管别去昨日

尽管渐行渐艰

陌路花开　碧野清目

我面前

山高水远　春风悠然

何必纠结幽夜

何必苦长苦短

阴晴暖寒　绝处逢缘

我面前

山高水远　春风悠然

加减

时间在做减法
过一天减去一天
生日在做加法
过一年加上一年

谁能聪明又中肯地判定
我们该为哪个数值
津津乐道
这值　又该怎样核算

冷雨

这场雨很急

很急　以夜遮蔽

窗上的泪　扑簌密布

凄凄却又缄默着

悄无声息

我很想　却又无法抹去

这一秋一秋心窗上的

冷雨

潜回幼儿园

幼儿园快乐毕业多年后
发现毕业的是快乐
它已无忧无虑地找寻新伙伴
而我　苦苦追索它的下落

是谁让我懂得了它是什么
等同于离间了我
是谁把它的条件越设越苛
等同于跟我争夺
别蔑我浅薄
我的无奈与夜一样深刻
我就是常想着
尾随掌握巨大快乐的小朋友
变形　隐身　潜回幼儿园
管它雨怎样嘲
风怎样说

谁会老

不能不老

用旧了的每一天

都在老中摆资格

之后　被压缩成史册

任时间翻找

而被用得机敏的我们

终是看出了这奥妙

所以　世上轮不到我们老

笔舞

铺开白昼
夜做了墨
让你一笔笔渍入平静的坦卷
任哪季的花　都开不出这卷上的香艳

我嗅到了你的独芳
像动了心思的初恋
更多的品说
终难述泊在心底的感念

无声之韵的一撇刚止落
悠远深沉的一捺诱我寻觅昨天
你轻抚纸寿千年的生宣
我清晰地看到了古朴的祖先

不知你怎样得了仙法
以如此宁静的心在优雅王国游刃香腕
你把脉了这一世的淡与浓
纸笔间呈一方隶书花园

——读丁玫隶书瞬感
2022-1-17

暮色五点钟

暮色的边界线，

做了琴弦，

一首徵调之曲，

开始交响……

我的五点钟，

我情投意合的乐章。

过了凉晨，过了酷午，

我安然自若，

恬静品赏。

日落前，

听最后一个音符，

在心头流淌。

我的五点钟，

我情投意合的乐章，

开始交响……

致谢

我必须

你也一样必须

在这鲜活时分

向每一片叶子致谢

因为不久

它们要用一场飘零

演示悲凉而深刻的生命学说

让我们在枯萎中见证

经年将怎样落幕

稔熟将怎样消亡

如此

以终为警

让我们醒觉擦肩时光

这样的引示

我们还有什么理由

悟不出这场秋殇中

叶子的用心苦良

好心情来历

总是期待温馨消息
包括惊喜
你的暮霭嫣红无尽
我的晨曦晴空万里
每一日都是信使
打开心窗　恰收取
就这样设定一个
好心情程序
给贪婪的
自己

夏秋日记

就是这样一场冷雨

心思里忽生出夏与秋的距离

我不会草率告别那热烈

只用此刻　默默收藏留恋的心语

秋去冬来

来不及告别

只一夜雨雪

洗去又染妥这一怀深切

你衣襟上别满留恋

与不再惊慌的叶子

一起浪迹清野

我站在这准确的冬日

听雪韵低吟

为了忘却而犹唱忘却

来了 去了

衰微的花和散尽的云团

用了同一种悲哀

可散尽的是永生

我认定

花儿一次次再生

云　入了你我一世的梦

余音后

最后一段

往往不是华彩

长长的尾音里

藏着不再表白

那些沸腾的　深沉的　缠绵的

割舍不完的情绪呵

都在消尽后的空寂中

被干干净净剪裁

感应

冬夜堆在窗外

继续它的事情

11 月的风

已无法揉拭那些

僵凝的星星

曾在花园吻过的那些精灵

伏在窗上的眼神

已是那样　那样的

冷

我只能

只能用颤抖的手

拉上厚厚的窗帘

屏蔽变了色度的感应

残缺艺术

那残垣断壁　月缺星稀
都做了完美艺术
在千年烟火中传递
或成诗　或为戏

那碎言片语　不辞别离
也成为完美艺术
慌忙去演绎生活版结局
以无声　以无息

原来　天下的不完美
都存有艺术殊誉

无常　寻常

日来月往

我站在时间的褶皱间守望

四时一季季往复

岁月一程程流淌

你我无意中消费的昨日

时光年轮已苛刻入账

谁不想撕去那无常标签

可日月认定一切是寻常

我只能在时间褶皱里挤一滴余露

滋养那夕阳下的诗行

路口

这风来得太突然

我无法睁一眼而闭一眼

脚下的路口太多

我无法在交织错落间周旋

一切不似从前

不似从前

从前那不用眼的盲足

无论向北向南

只要向着那盏灯辉的召唤

行迹是那样流畅

路途是那样的暖

于是　我用泪水冲刷了拥堵的眼睑

心窗上终透来一道新鲜的光线

情绪

时生时灭的乐与忧

毫无掩饰地标明

于婴儿正是饱与饿

于耄耋正是睡与醒

于商家正是赔与赚

于征士正是死与生

可于爱恨交织流浪的碎心

又该怎样澄明

什么是乐　　什么是忧

什么是混淆错落的

种　种　种　种

拾

就这样放走一个个夜

江上的风　山涧的月

一同去了

可我　又能去哪里

追索那些贸然丢失

收回我一个个无觉的不经意

你忘记了我的忘记

我却拾起你的不再拾起

这夜　悄无声息

唯闯来青春记忆

那样清晰

清晰

绿

以冲刺的速度
去收获种下的太阳
让那滚烫再激动一回
我倾倒在耀眼的光芒里
再一次醉光

昨夜梦回那日
我们仍沉浮在绿色海洋
那单纯而单调的颜色
已浸透我们的肌肤
连同我们的血脉筋骨思想
这是一次永不褪色的漂染
以凝固的终生色
纵横织结成包裹生命的绿军装
我们　正与灵魂一起荡漾
那日　那时光
……

东方既白的此刻
我呆滞而迷茫
不再梦或不再醒
我决定这样
就这样

穿来的风

不再从那片密林穿行

哪怕绕过再多的沟坎

或朝着相反方向

步履匆匆

但无论怎样设计

都无法避开那

从林间穿来的风

幼稚

春光的快门闪烁了一下
原野铺满跑跳嬉戏
童年就这么简单地闯来了
在一片碧草上偷袭

蜻蜓　蟋蟀　草蜢
一群劲敌
如果能被蜂刺
总算是有了炫耀的凭据

有人狂喊
这是男孩子的游戏
于是　我秒变男孩
谁的眼神能阻我对幼稚痴迷

又于是　一地的童年
翻腾起金色闹剧

风知道

潮汐再次涌来
冲击睫毛垒好的边界　和
守候的暮霭　与
晨曦

只有风最清楚
是怎样卷起了沙粒
又怎样揉进了
目光犹豫的缝隙

于是　无法睁开的眼睛
开始了疼痛的洗礼
我绝不流泪
但　心已溃堤

寒夜

夜以继日的风

正狂正烈

铺天盖地的掠

正肆正虐

调整过呼啸方位后

即向北　投下岁末最后一劫

此刻

冬已越过临界

一个冷链开始生成

一个救赎开始明确

在那团毫不犹豫之火到来前

我绝不会　绝不会潦倒在寒夜

读诗

我发现了什么？
只那么寸厘光泽，
让心已然豁亮。
这点闪在你诗句的萤火，
我捧起，
绝不再放过。

温暖

时间跳跃的瞬间

那清晰又模糊

模糊又清晰的眼眸

在我心底铺出永不失色的绿洲

此生　还有什么能让我宁静着动容

在我任何寒潮期里

在我任何温暖的时候

我

古老的　成熟了的城市与思想　及
被溶解饱暖欲望的四季
都在时光中作史成册
让生命快车或碾碎
或重载着风驰电掣

我认真地在一束束月光中急促浏览
企图翻找出听说已轮回的我

语言一种

没人再回得去

那搭在唯你我听懂的

互应的　语言里的

我们的家

那些曾经的对偶对峙

甚至对虐

句句生花

当风起风落风劫后

那家已成冢

荒芜的墟下

掩埋着灭绝了的一种语言对话

花开

一定要开的花

在春　在冬

在你苍白的梦

还可以　海角天涯

时光细碎如粉时

做了壤　做了雨　再做落霞

静待馨香生好

一缕缕　悠悠飘洒

四辑

知
己

知己

一生曾得几妙音

半曲已沸渴韵人

泪在眼里　忘了该怎样流

涌泪的泉却那么的深

念在心里　懂了应如何存

藏念的梦是那么的真

我可永不摔琴

这你奏我听

我奏你听的一生呵

是那样那样的幸与珍

2021-12-8

权衡

让我在夜的催促中

以梦做一次解脱吧

可那挂在雪片上

贴在薄雾下的梦

执意不从

一定要让我苍白到底

去迎接醒来的空

那么　我就需要把昼与夜

认真地重新权衡

光

终于把那面疯狂的镜子扔掉

中止了那来自冷漠的反光

折射出的阴晴日子

已随秋水泊泊流淌

这一日刚好无云

晨曦比以往都亮

颜色

永远无法以语言描述的颜色

你那里有一种

我犹豫着要不要去寻

因为　它只能画风

艺术的出生

梦的真实　真实的梦
它的季节　因璀璨而生
不是泥土认真
就能孕育一颗种
我努力在心底蓄雨储风
久久又久久　与日月同行
一生守候
萌芽的那一分钟

请柬

留下你采美的眼睛吧，
这里的春在冬眠。
南风唱过的曲太短，
新岁可会再长韵一点？
请拿好这滚烫的请柬，
稍后省春时，
一起挽住华彩流年。

盲音

这乐曲一上头

就有人听出是主题变奏

可我至结束句隐去

也没听到主题尾首

是风是雨

是春是秋

你加注的时间表情太多

而我的愚耳又被你摩擦得太旧

短昼这日

最长的夜喂养了太多忧虑
直至吐出白色叹息
之后一寸寸地
感染天际

正对着我撒开的网
翻天跃来白肚鱼
我一条条承接
刚好做我今日最早的诗句

寒夜之树

一点一点剥离尾随昨日的近忧

枯枝依然望着夜的尽头

终于在天亮前站稳脚跟

挺立决定明天的去留

在一个　不亟待

不作语的时候

暖风染绿的天使翅膀

将落在你吞尽寒凌的坚守

品雪

我为闻不到雪的味道而沮丧

这经历了高傲长旅漫步而来的飘零

这尽染了至高风尚穿越云海的纯真结晶

我懂

于是我沉入春泥

因为我固执地相信

绽成花时　它一定有足够的味道

在其中

投 影

风把繁枝茂叶细碎后洒满阶梯

任情摇曳

我也过去投放自己

但　没谁能撼动

那个丰满的整体

无题

野上开遍的花一定是春的

枝头的一切属于秋

可那些无主的东西却更惹我

如云和风

如放飞的思绪

五辑

哭 不 以 眼 泪

哭 不以眼泪

永远看不到我首滴泪水，
但它真真涌自一个纯洁眼窝，
晶莹地映出一群人的笑脸，
我，不知我，速制了幸福时刻。

永远忘不掉我卑微的泪水，
它款款泊自一条无堤心河，
悄悄蜿蜒半程哀乐喜忧，
我，不知我，何时已倾倒干涸。

永远抹不去我凝固的泪水，
颗颗锻从万千锤击打磨，
深深嵌在苍白的时光后缀，
我，不知我，是否对这样的物质认可。

日落前，我终于确认，
我，不以任何一种眼泪，
哭着……

悔悟

就这样一直沉默吧，
免去此后的悔悟。
夏日那灼热的私语，
正候在易燃的燥午。

这日，我惶惶不安，
清冽的风还不及赶到我即行的路。
我提防你一语道破，
更需围堵我无主的心失戒先说出。

这一生，多少阴差阳错
在恍惚踟蹰间穿行出入。
但此刻，难以阻止的
仍是一切一切之后的悔悟。

清河

清河，对于碧云寺，
你是长流清流。
对于我，是青春
粼粼闪闪的代名词。

红尘陌上，碧色葱茏，
唯有饱满，没有饱和。
没什么叫止息，喧嚣
源自日夜奔腾奔涌，那河。
如果有安宁的片刻，
那是在整理一朵不慎错步的水花，
温良排序后，又从涟漪出发，
然而，也逢黑水恶流，
瞬间溃堤，泄一道
刻骨铭心的苦辙。
而醒心，恰在这一时刻，
流转青春蹉跎。

如果，如果说，
有一日眷恋夭折，

从断流那时，思泪续水，
那河不曾干涸。也不会，
不会朽为死寂的荒漠。
我不能用欺骗做掩，
因为心从没游离过。
那泊泊流淌的，那条清河，
曾经沧海，焉止于波。
谁的青春不是条河，
谁的青春能幸免
激流中触礁，漩涡里穿梭。

我不能说清河不是条河，
它源自海河宽流，
载着千年故事激越奔波。
我不能说清河是条河，
因为它是我的军旅生涯青春腹地，
封存着我最鲜活的生命之册。

此刻，夕阳西斜，
我静寂地沉浸在，
我的清河
默望余波⋯⋯

——为原二炮文工团旧址和那段无悔的青春岁月

青春录

从没有呼喊过什么豪言　或
写过什么壮语
曾经独属我的那片蓝天
只够我闯下青春祸患
根本来不及做成风帆装进梦幻
所以　我不敢谎称汇入过潮流
只是踩着湿漉漉的朦胧线
决绝主张着向前　向前

也正是在那个夏日
体验了蜂针的质感
一如无语的花蕊
让莫名痛楚传导
那痛　至今未完

夕晖下我常想
我负责的这段青春时光
到底从哪里开始
让这一生有那么多憾叹

记忆

早已废弃

飞满萤火虫的花园

从此　屏蔽夜曲

当梦越过万水千山

悠风追送了月光绘本

记忆　又有多少游离

独芳

你也如此的红

如此的雅　如此在

向往的季候温情的土地

绽蕾开花　散尽馨香

一如博赏的千娇百媚

只是呵　只是你不为谁绽放

你是你的花

向风　向云

独芳

梦与醒

幽暗深处演绎着诗般的情境

光明时分重现了云样的悬空

黑白屏上哪个是本真

哪个是诱影

如果你是诗人，我愿追随

宁沉睡不起

或　让昼停

失去了什么

窗外　长尾雀

踩着秋光

在我静谧的思绪枝杈

寻觅丢失的过往

我却木然如常

这一生究竟丢失了什么

迷茫间　我听见风说

来与去一样

或

亮与暗的交替

让天地早已习惯明灭

昼与夜的往复

让眼睛懂了分辨黑白

于是　世上的每一天

都不再复杂　或

简单

心动

一树秋舞的叶子，

那么生动

可是我却不曾

不曾逢你春风中

如若那是个葱茏的际遇

是否　是否有一丛坦诚的绿

铺满我的眼睛

此后　所有的转眸

都是你青春的面容

最美的风景

醒来　模糊了梦

清晰的目光

游移在记忆固执的回放

那一幕幕

都是不肯失却的平常

生命的峰值用坚步丈量

峰峰高远　让起飞的畅想

盯紧了鹰的翅膀

无休的张弛

让心一路向往

思绪突然停留在　这个

普通的秋晨　秋风敲窗

终让我想起忘记

忘记了最美的风景

在昨天走过的路上

京郊踏秋

足迹

无论从清晨起步

横跨欧亚　又

环绕美洲再回原点的

那些向晚的步履

都一一收纳进记忆

你别去的身影

决绝而匆促

我不及觉应回眸

一切已压缩进折叠的岁月

随斑驳的痕老去

那些让时光流浸透的日夜

即使清醒复原

又怎能　再读出

曾经清澈的诗句　再复述

海潮上的衷曲

冷漠的空港

我曾对一只铁锚留下嘱托

愿我疲惫的舟如期安歇

然而　那沾满锈痕的默祈

早已随幽夜沉寂

我无法向你讨伐

破碎的已破碎

支离的已支离

愤怒　又算是一团

怎样的气息

在我一路行驶的单行线上

错过的何止一处警示标记

在遇与失组合的今天

又何必

找寻即将隐没的足迹

瞬变

这一天的云

让追寻动了欲念

哪怕漂流到天边

随情悠远

太阳雨的瞬间

打湿了一样的千古痴愿

瞬息万变间的阴晴

弄慌一片……

碎思

（一）

有些疏忽的再见，别的是时间。

有些隆重的再见，别的是珍缘。

（二）

天空带来许多消息，

真相却是一个永远飘忽的谜底。

（三）

在设计好的夏日我们没能相遇，

冬夜，你在一场雪舞里做了邀约。

悼肥仔

夜风带给我的黑色哀伤，
自太平洋不及醒来的浪。

那样的明媚，那样的爽朗，
你以宽阔的笑容引领着宽阔体魄，
由东方向西方，
追随着灿灿的太阳，
推开一扇播撒华音的窗。

可此刻，与我的却是
纤细尖利而无法接握的噩耗，
这不是你的可能，你的日常。
而我，却只能
抬起泪目投向彼岸，
在一个个舞台的幕侧，
寻你鲜活的身影，寻你
慷慨的热语，寻你那

时时承重的宽厚肩膀。
却只能，在沉寂空荡的幕后，
听绝美的东方神韵回放。

夜风带给我的黑色哀伤，
自太平洋不及醒来的浪。
这个秋的早上，
你无奈而眷恋地转身，
带着上帝赐予你的肥仔笑，
通透地笑着，走得
一声不响，
一声不响……

痛悼温哥华优秀资深舞台总监，
好友"肥仔"陈正权。
哀思无限，深深怀念。
2021-9-1

北国江南

这样的山水做了琴，

犹奏谁的四季。

街巷的石板早已翻新，

柳也重垂话题，

可浸透烟云的司马台长城脚下，

却长飘江南悠曲。

碧水流霞，

轻轻拨动秀中的绿。

漫山遍野，

喃喃起了温柔吴语。

这南辕北辙是谁的念恋，

谁的离绪。

来吧，在这繁星密布的水镇秋夜，

听风，告诉你。

——游古北水镇小记

2021-9-4

寻找

这样的静秋

风已丢下寻找

你却仍在落晖间固执地徘徊

山谷里　薄雾与昨日一样飘渺

曾经的与即将曾经的

也都一样不多不少

只有不甘的心

常存保鲜企盼

哪怕寻觅的路仍千里迢迢

心思

叶子的经络

多么像有序而无律的诗行

随情舒展　由意短长

即使卷曲

也可展读那藏在枯色间

细密的心思

只有你懂　那不动声色而风干的温语

仍在我们的季节里

无题

一个音符痛快排斥了异己，
但却即刻没了高低。

柿事

熬尽叶子　熬尽秋风

惹一身霜粉孤傲凌空

这一树树

你不得不高看一眼的熟柿

高调入冬

以甜心蜜意博以众品

唯北国世袭这一独景

美语

想得一句最美的花语
用了整一个夏天
当所有的花都用尽心思
当所有的失落也都枯干碎散
仍没有那因美而滋生的句子
思绪　却已开始悄悄地乱

活着的方式

云的飘逸
是山林的景仰
可泥土　又怎不是
云的暗恋
当枝头摇曳着飞翔的冲动
云　却在潮热的土地流连

我想到种种活着的方式
可哪一种都不能久安
只因为每一天都鲜活如翼
永远煽动着新的浪漫

秋响

秋响

在寂寥的晨　划开净空

凄清错杂的混音

蓦然唤醒我记忆失聪

孤蝉低鸣

雁阵别语声声　还有那

熟悉的枝叶

呼啸抗争

我不由想起

你匆匆离去的身影

续行

我卑微地跌倒在黑夜

与风　在黯暗中呜咽

我知道　我必须

让时间迅速充钙　硬化

骨子里残留的婴儿柔软

必须脱离笼罩我的那个幽影

在晨曦到来之前

如果续行　就必须

站起来　让阳光贯穿

鲜活的每一天

生命

如果是生命发明了所有欲望，
生命也发明死亡。
予与夺，生与灭，活与丧，
是真理也是无言道破的寻常。

春花染香这个世界，
秋风肃杀穹壤。
日月不争而辉煌无尽，
草木不斥而葱茏莽苍。

人类呵，自残自殇又不甘，
自衰自哀而悲凉。
注释生命的生命，
却无以探求生之永恒的真章。

余音

在混响的空间里

每一个音都希望得到加强

如此振频迷离颓乱

随处耳伤

其实　你说了那么多高分贝的

想打动我的句子

却不知

只一个优美的余音

足已让我空寂而苍白的心

重启热望

钟点工

凌乱不堪的早上

尘垢碎废　发酵膨胀

我请不到任何一个钟点工

清除思屑　抖净绪芒

可我又无从入手

不知该怎样启动清洁脑场

更苦于那钟点工

只能由自己担当

九月

一片斑斓

一点清凉

九月　就这样

以成熟的模样

走进诗行

让突然冷静的目光

泛起耀眼的金黄

我不收秋

只潜在沸腾中徜徉

命运

从花开到叶落

从虫眠到雁来

每一个时节交融渐变

总是　安然有序地

以四季循环这个世界的精彩

可我的时日　为什么总在

冰与火　枯与泽间

跳跃悬摆

一生　总要揣测

命运航向哪片海

可终不知

是谁　每每抢先安排

黎明

沉重的时刻到了

压得夜透不过气

只能低了再低

低了再低……

低到捡拾星月检索自己

当匍匐读完最黯暗的那句

东方才一指挑开昏与醒的界限

原来　明白在这里

带走

风可以带走一地飘零

雨可以冲刷污浊残垢

一闪而逝的电光

吼罢消匿的雷鸣

都可以在身后杳无踪影

可是　怎样的形式

才能带走心灵深处那

柔软的疼痛

远方

走到多远也不认可那是远方

陌生　永远是心的投放

弃旧的踌躇一次次被留在昨日

路　一程程

长了又短

短了又长……

好梦

骤风　为每片叶子送行

我已决定与你一起飘零

沿着冷寂的路

投问春的和声

我知道　山那边藏好的温暖

将邂逅新雨煦风

在一个不会错失的日子

这世界又会萌芽　生叶　开花　繁盛

所以　我不会以凄语作别

忧愁话秋冬

只因为　哪一春又不是

风霜冰雪酝酿的

一场好梦

歌

总是唱起一支陌生的歌

断续的词　一如

时隐时现的秋波

阴云与阳光间

我读不出原意

从而　我走进热烈时刻

去提炼深秋明快的字句

与曲重合

此后任由长吟浅唱

心　今夜静默

愿

一滴水珠的冥想

或许是滚动出一片汪洋

一颗小草的追寻

或许是密织出碧色苍茫

我羞愧的寸愿却是

怎样能

策划出一场美梦

在我没醒的时候

如此

没有生出那缕芳馨

又怎能如此诱人

没有沐浴晶莹雨露

又怎有如此清晨

一颗没有被深爱过的心

又怎会　滋生深爱基因

六辑

在秋

在秋

不存在能说出的那种清愁

不存在化不开的这种时候

随风而去的去了

因故而留的都留

除了最后欲燃的枫红

我还记住了什么

在秋

如此人间

这个蓝色的星球

以经纬隔出一扇扇窗

我们被确定在某个格子里

却总想探进邻居的窗看看

于是　贪恋着越走越远

越走越远……

其实　迥异繁多的类别里

只有两样情形

冷　暖

人间便如此了

过眼云烟

过眼云烟

不是看淡了

而是念淡了　于是

那在意的　刻意的一切

在心上深深地浅

自语

窗外　又一阵冷雨

似乎存在又似乎疏于记忆

那个凄清时分

那别曲

以同样声响做的旋律

让我的悲凉与忧愤

一次次

重复同一个主题

此后　仍会有无数相同境遇

但我呵　决定迎着春的方向

去取

寒衣

独

来来去去

没有哪一个季节将你属于

可在那冷暖间

花开得那样毫不犹豫

或在飘落的几粒沙尘上

或烂漫于通透的雨滴

你就是你

绝不生就任何一种培育

就此独与

差异

你无语　我亦无语
灯下只有凝固的冷寂
你热烈　我亦热烈
晨风插不进酣畅的梦呓

于梦于醒
究竟哪一个真实
为什么醒与梦的播报
存在如此差异

预设的虑

为了不让失望成熟

停止播撒所有种粒

为了一场不期风雨

质疑途中每条信息

愁　一样来了

惑　一样起

更让冬里　多了一些

童话般的忧郁

问着

你径自飘零

在我刚刚清醒的这天

你以秋做了离别时刻

执拗决绝　不露声色

匆匆向时光深处寻索

而那哀婉叹息或焦灼

依然封存于千古笔墨

可这场纷纷扬扬究竟是谁的失落

我追向一片落叶

问着

　　问着……

淡

不愿失色却又堆积在这天

让秋风一一漂褪遣散

还有

一点一点的心寒

远天仍晴朗　云

仍由衷翻卷

表情无限情调依然

从未起过色　却好颜

如此　唯云的

淡

想的美之时都是贵时

一切想的美之时都是贵时
一天十二时辰
一年三百六十五天
一生贵时几现

婴儿时曾泛滥
贵时如花　开得那样随便
而后的忠告
让那贵　变成痴言
我真的不甘
为何不再美美地想的美
让远虑更远　近忧更短
如此　跟随我的贵时
回到从前的从前……

这一天

这一天　阳光明媚得耀眼

花有了几分倦　风有了几分憾

没谁再惊艳感慨眼前

因为远方　有了新的故事

有了一个待读的完整版

于是　我去

向陌生的诱惑

索你刚刚起草的夏日

在春　安得其所这天

这　算不算喜新厌旧般贪婪

青春眼眸

那个收集了月光的夜

藏的那样深

我时时在寻

那曾在银色波光中醉过的

早已让风吹散的时分

坠入那夜的模糊眼眸

正焦躁地

在亮了又暗　暗了又亮

远了又近　近了又远的

无数个画面中

失落地问

那个皎洁的月夜留给谁人

何必玄虚　何必失真

何必让我花乱的眼

仍不甘心

味道

是否还能品出苦有多苦，
舌尖已麻木，
味蕾萎缩了几乎全部。
可还知苦为几度？

舌的传导其实已无关乎心，
那颗苦果完整吞入，
默默在心底研磨着，
淘不尽滤不清的味之本素。

时光雨早已洗净味道的表情，
连沉渣都不再浮起，
一切平静如初。
可味道偏有记忆，
那道因爱或不得不的
化去之味，
在毫无理由时，
竟又泛出。

走着

每一天都在走

我走在每一天

与天天同踩着

这个星球的时间

一如千万年前的同类一样

呼吸着碰触

同一条肉体灵魂线

所以　我不属于你

你不属于我

我们都属于时间

夏来秋去　春暖冬寒

每一天……每一天

我终于让这每一天弄得

想从哲学手册

偷上一点点

感思

春刻夏时
很容易把思绪打湿
让暖阳　清风　还有云
惬意悠然的影子……

可我　却没有更多痴迷
原来至感
早已给了那个
飘着雪花的冬日

或也是默契

春与秋都从这里远去
寂静中寂静着的
如此替你告诉我
也如此替我告诉你
沉默中沉默着的真谛

那一切　是以透明的形式
一目了然凝结在冰层里
以此仔细解释冬的含义
但是　雪花将会飞舞
天地将再次美丽

读懂一切时

读懂生命与时间阕对后，

你说的对。

总会，失去一切，

失去一切，总会。

连同惊慌失措，

憾叹与悔，

都做了一切的，

其中一味。

那些烫心灼目，

那些浓烈美醉，

那涌血时分，

那地老天荒的词缀，

都让失去席卷荡尽。

之后，

你，伏在一个寂静的新世界，

让诗，尝新一回。

动静

我在听秋

一袭摇影　扰了

双目里空白的一往深情

思绪云游

呆滞蓦然而醒

那个十分熟悉的影子

摇碎庭前这片寂静

原来　无声来风

正撩颓枝　起了一阵

无名晃动

寻

飘过屋顶的歌

去田野演唱了

最豪华的段落

这交响是 C 大调的

是翻腾着灿灿金黄的

精华布局

结束句正回旋

我要尾随已南下的旋律

以北方的耳朵　去聆听

因梦而错过的

稔熟的新曲

秋　你可愿意

忧愁

一些碎了的落定的清忧

一些枯了的倦了的浓愁

我不敢问这是谁的

只怕无人认领

却招惹了"碰瓷"

此后

永无安休

和弦

无论几和弦
必须列纵队
这是合鸣规矩
靠谱成曲

可你我的和弦
为什么总是
无序而杂乱
随意混淆主旋

恐袭

夜 一定会来临

不会因我恐黑而推迟一分钟

更不会因我无措而淡化狰狞

而比夜更阴沉的冷语袭来

寂暗中　我听到了

决绝的敲门声

成熟

留下这一时三刻　和

今天的你

不是借了秋光读春的花语

而是这片有些沉重的浓郁色系

突然让我懂了成熟的含义

归宿

你仍在飞翔

倦鸟

在黄昏中扇退黄昏

不让归宿

在寂暗里着陆

读斯宾格勒的时候

只有睡了时

我像一棵树或一株草

松弛地成为景象中的景象

我醒来

即成为一个小宇宙与另一些小宇宙

无穷尽地碰撞

植物们单纯死生

动物这东西极性紧张

如果给我来生

我到底该成为什么

是这一生

无解地苦思冥想

执着

你总是在那个未属于你
但更不属于别人之地守候
固执地坚信春不止一季绚烂
你的繁花已在那高地蓄梦已久
我信　只一个早上
那花　将涌起一个芬芳的浪潮
浸透香洲

云破处 看晴花

翻卷后仍是翻卷

聚散后仍是聚散

这是怎样的千万年恩怨

黑与白　薄与厚

极目处飘渺莫测

游弋着无常的缘

云　云　云

不经意时起了泪

不知为谁湿衫

我只在云破处看晴花

如此　已够我

在心扉留一句慰藉之言。

春

无论谁说

失却的一切

春天也无法复原

我都不信

我准备　在一个新的

或更新的暖日

把梦中搜索的缤纷

洒向温好的两岸

窗外

悠远后的悠远

缠绵里的缠绵

每一声叹都是泪的昨天

每一声怨都是丢失的从前

千年幽月从未泄出收藏的故事

可那无尽的哀歌

却永逐如水的银光

泊得浓浓

淡淡

……

一幅画面

很多放不进记忆的晴朗时分

不是天空的错

是爱的画面永远来自

一份深沉

也或许正是多出的那几笔

让风雨有了美丽的起因

可今日天空表情丰富

此时此刻

你等你的人

我看我的云

长旅

沉默无声的话，
只有时间装得下。
秒针再细，
挑得起日久天长。
心扉再厚，
承不住只言片语。

海那边日出日落，
山涧底月淡星稀。
心的时空一再一再，
默默各不相同的长旅。
时间倦了，在日界线上
不谙东西。

真迹

总想看到一个自己

于是一点点剥离

可终究不肯爆出

傲慢的　固步的

不安的　和

自私却从不认账的那个主体

怎能让真实变为真实

迷离不再迷离

以一个哲人的眼光

从我中看出一个你

这似乎是天下之无稽

因为　哪个自己都不会告密

我也永远看不到

我的真迹

秒剧

有了，寂寞梧桐与风的对话。

有了，月落乌啼与寐的无意。

有了，天涯海角与雪的相邀。

有了，冷凝寒水与春的距离。

一席席，一番番，

一次次，一程程，

我安安地做着你做过的梦，

你悄悄地醒在你剪碎剧本之际。

一切的一切，

在早已编织好的结局里

落幕演绎。

新晨

我绝对信赖且无遗

交给你

所有的捡拾与藏匿

在我们集结之际

当驿站洒满夕晖

只我与空空的背囊一起歇息

我把那空空里充满夜

做枕歇息

在梦里清点昨日

在醒觉里

重新觅一首小诗

为自己

笔书人生

一笔笔浓淡

洇浸出黑白儒卷

一字字心书

横竖着岁月短长

时间藏好的踪迹

在你手中曝光

三千年　墨醉多少雅客

今夜呵　你正游情在那个堂上

七辑

转
角
情
结

转角情结

我常凝视转角处

那角隐之隐多么神秘

转去的那番景象

无奇或迥异着我之想

无论怎样

我仍投望　因为

一个身影消尽后的角度

留给我的

永远是一团迷茫

静聆

黑白键中间还藏匿着一个音吗?

音域模糊这天　我已然发现

听筒尚存不明不暗

不高不低

结了冰的留言

耳朵已离场

静待融水时

听那流出的还原音　或

奇葩之音一段……

历史

只有你能如此放胆

几个世纪几个世纪地叫喊时间

我却悲哀地找不到悲哀的理由

为你给我的连瞬间都不够

此刻　我只能把

对之前的遐想及之后假想都放下

再模糊永远由你把持的一切并所有

只因　你傲慢的名字叫历史

复友

我知道这是隆冬

一天接着一天的冷

窗口里依然留给我的那团火

是你把慰藉期冀都点燃

以火的概念投在我心中

我会默默守诚

信这光与火

定将迎来助燃的春风

2022-1-25

确认

我把自己缝在那些日子里

不再独立呼吸

让一颗先结出的果子占据味道

于是　我只认识一种甜

——那从酸楚榨出后命名必须的甘

后来

它一直生长繁衍

许久后　在自称独立的秋天

发现了一个可疑疾灶

味蕾　已深度病变

闪感战友兴聚

夕阳间一次匆匆找寻

我们捧起与时光碰撞的碎片

这悄然又刻意的拾得

金麦穗般地饱满

你我一样幸运

你我一样贪婪

我们再次快乐细数

这些来自青春的

金光灿烂

2021-12-29

匆促

水与时间都具备了匆促

我们也一样

但让水溶了的

让时间裁断了的

我们的昨天

都比它们更慌张

我只是在想

在我们储存的那段微雕春日里

花蕾　是否还会开放

雪飘西域

我的雪花已在你那里盛开

以一如既往的洁白

掩帘挑灯的时刻

贫瘠的冬夜瞬间做了纯情舞台

我写了好长好长的剧情

今夜的曼舞呵

不过是一场经典的彩排

2021-12-17

空空之气

一个最无视的东西最真实地证明

你正在活着

可你永远对它做伪证

随便吸吐挥霍它的成本

却从不承认一生侵权免费使用

直至最后一秒

它因绝望而去

永不再证明你和你的名字

但如果　也只如果

再给你一次机会

是否可说出以下悟语

今天起　善待空气

记录

一样的灯下

那夜　是对视的双眸

这夜　是闭合的独忧

寒风撕扯着幽暗

以千丝万缕缠绕一团

早搏发起的痛

热敏纸打不出任何症候

只有悲凉深知

是思念堵塞了静脉里的安流

热望

扔下又覆盖我的眼睛

在板结的冻土上

一寸寸找寻

那渗入深层的热望

就算是一个拾来的梦

也从未遗漏芬芳

因为我知道　春的大使

早已把下一个驿站

打扮得漂漂亮亮

富足

这是我另一种富足

一点一点储进寒冬

爆仓时　它们生出翅膀

向温暖时节飞行

足够的疼痛　足够的裂变

足够的醒觉　足够的衍生

足够了　足够

一生享用

不必的

曾经来过的那缕江风
与我一样回来寻找过往
它可以带走遗留的残屑
我已被这里彻底清场

那时衣袖潇洒
拂去红绿短长
任凭秋水洗尽余香
我　何又来拾寒凉

一种认真

风撕碎的那些诺言
春水尽吞
云浮游的那些阴郁
化雨入尘

繁花的世界一日比一日娇美
冷暖的剥离一晨比一晨认真

谎言能欺骗自己的时候
一样真切　感动　温馨
何必要去戳穿
或许　由此修出一个好人

2022-3-22

后 记

心静不下来，总觉得背景吵。或许每个人都有同觉的时候。

春夏秋冬又依次路过我，我希望或准确说是期待时间里的它们，能带给我或留下些什么。

我没有失望，诗集二《梧桐树下》完稿了。

当我准时收到岁月新的馈赠时，却不知为何又同生一种失落。那些诗性火花匆匆燃成文字后即远去了，它们不再属于我，快乐我。我又即回孤独，默默看着那远去的快乐。

但我想，是时候应以更新更高的热忱，去路过四季，而非如此等待它们的路过。所以，我带着笔，去不同路口，沿新的路标，再寻意外的迤逦之境。

这个世界是公平的，任谁都无法幸获额外时间。此生，我已放弃了许多应支未支应收未收。时间，对于我越来越金贵。无论我的以往有多少喜悦与忧伤，振奋与失落，积极与萎靡，收获与流失，至此，这一切的一切都已不在手中。唯一实物，就是这支不甘的笔，它将依旧陪我踏今日觅未知。可这世界太大太美，一生怎够。所以，只能把心告之最，放在眼下，为心做更多的表达。

说诗，其实来世之人都是诗人，不过成诗方式不同罢了。一生一形态，一态一诗歌。而我，选择了用文字。

在第二集诗歌《梧桐树下》出版之际，我深深感谢我的挚友们一次次的激励与温暖，一生的精华集结这里，我信友情至情至性。

深深感谢北京燕山出版社的编辑及各部门老师为出版诗集的辛劳。

更深谢两集为我作序的老同学，苗族作家，军旅诗人陈万仕。声不二言，知音知遇，尘世之幸，我甚慰。

又是春暖花开时，我带着寻新的行装，迎着温暖的方向，慢慢走进去……

2022 年 3 月 3 日

图书在版编目（CIP）数据

梧桐树下：诗歌集 / 萧纬著 . -- 北京：北京燕山
出版社，2022.10
ISBN 978-7-5402-6631-8

Ⅰ . ①梧… Ⅱ . ①萧… Ⅲ . ①诗集—中国—当代
Ⅳ . ① I227

中国版本图书馆 CIP 数据核字 (2022) 第 158714 号

梧桐树下诗歌集

作　　者：萧　纬

责任编辑：战文婧

文字编辑：郭　扬

出版发行：北京燕山出版社有限公司

社　　址：北京市丰台区东铁匠营苇子坑 138 号 C 座

邮　　编：100079

电话传真：86-10-65240430（总编室）

印　　刷：北京科信印刷有限公司

开　　本：787mm×1092mm　　1/32

字　　数：110 千字

印　　张：6.5

版　　次：2022 年 10 月第 1 版

印　　次：2022 年 10 月第 1 次印刷

书　　号：ISBN 978-7-5402-6631-8

定　　价：38.00 元